親愛的聖誕老公公：

　　聖誕節的時候，

你可以送我什麼好禮物嗎？

　　　　　　崔崔敬上

PS我真的好愛你唷！

獻給安德魯、安娜、貝克，還有妮可
你們是最棒的！

文、圖／艾倫·布雷比 ｜ 譯／黃筱茵 ｜ 主編／胡琇雅 ｜ 美術編輯／蘇怡方

董事長／趙政岷 ｜ 第五編輯部總監／梁芳春

出版者／時報文化出版企業股份有限公司

108019台北市和平西路三段240號七樓

發行專線／(02) 2306-6842

讀者服務專線／0800-231-705、(02) 2304-7103

讀者服務傳真／(02) 2304-6858

郵撥／1934-4724時報文化出版公司

信箱／10899臺北華江橋郵局第99信箱　統一編號／01405937

copyright © 2019 by China Times Publishing Company

時報悅讀網／www.readingtimes.com.tw

電子郵件信箱／ctliving@readingtimes.com.tw

法律顧問／理律法律事務所 陳長文律師、李念祖律師

Printed in Taiwan

初版一刷／2019年10月

初版三刷／2022年11月

版權所有 翻印必究 (若有破損，請寄回更換)

採環保大豆油墨印製

豬豬的過聖誕

文/圖　艾倫·布雷比 Aaron Blabey

譯　黃筱茵

喔ᴇ，聖ᴬ誕ᴰ夜ᴵᴱ！
最ᴢᵁ快ᴷᵁᴬ樂ᴸᴱ的ᴰᴱ夜ᴵᴱ晚ᵁᴬ！
聖ᴬ誕ᴰ歌ᴳᴱ！裝ᴢᵁᴬ飾ᴬ品ᴾᴵ！
小ᴴᴵ小ᴴᴵ的ᴰᴱ、亮ᴸ晶ᴶᴵ晶ᴶᴵ的ᴰᴱ燈ᴰ光ᴳᵁᴬ閃ᴬ呀ᵞ閃ᴬ！

聖誕老公公就要來到！
這個日子實在太重要，
最歡欣的人莫過於……

豬ㄓㄨ 豬ㄓㄨ！

他ㄊㄚ真ㄓㄣ的ㄉㄜ好ㄏㄠˇ愛ㄞˋ聖ㄕㄥˋ誕ㄉㄢˋ節ㄐㄧㄝˊ！
他ㄊㄚ會ㄏㄨㄟˋ開ㄎㄞ心ㄒㄧㄣ得ㄉㄜ哈ㄏㄚ哈ㄏㄚ大ㄉㄚˋ笑ㄒㄧㄠˋ！
「禮ㄌㄧˇ物ㄨˋ！禮ㄌㄧˇ物ㄨˋ！
給ㄍㄟˇ我ㄨㄛˇ！給ㄍㄟˇ我ㄨㄛˇ！我ㄨㄛˇ！我ㄨㄛˇ！」

他會寫一張清單，
要的東西好多好多。
反正聖誕老公公本來就
接受訂單，
所以當然多多益善！

我要：
摩托車
火箭
打鼓用具
小馬
滑板
槌

親愛的聖誕老公公：
　聖誕節的時候，
你可以送我什麼好禮物嗎？
　　　　崔崔敬上

PS我真的好愛你喔！

他真的等不及，
等不及要大撈一筆。
他幾乎沒辦法穿著他的小紅套裝
乖乖坐好。

「禮物！禮物！」他再次自言自語。
「他到底什麼時候才會到？
喔，要等到什麼時候？
快告訴我什麼時候？！」

「他會在我們睡覺的時候來。」
他可愛的朋友崔崔說。

可是，豬豬大叫：

「
睡覺？

我才不要睡覺！」

「傻瓜才睡覺！
喔沒錯，輸家才會睡覺！
我才不要跟你們這些無聊
的傢伙一起睡覺！

我要熬夜！
他到的時候，我會在這裡！
我對這些長筒襪和薑餅人的
屑屑發誓！」

所以，崔崔乖乖上床睡覺。

頑皮的豬豬就跟他
說的一樣熬夜。

等待的時光彷彿永無止盡，
可是豬豬依舊堅持下去。
等到三點三十三分，
他聽見奇怪的聲音……

還有誰會出現在煙囪底下？
不就是那位帶著鼓鼓的紅色
袋子、肚子大大的老紳士。

他放下一堆禮物，上頭寫著
崔崔和豬豬的名字，
接著，他端起牛奶，
很快的喝了一口。

就在他轉身準備離開的
時候，

出現一隻矮不隆咚又氣呼呼的狗兒，
狗兒大喊：

「嘿！」

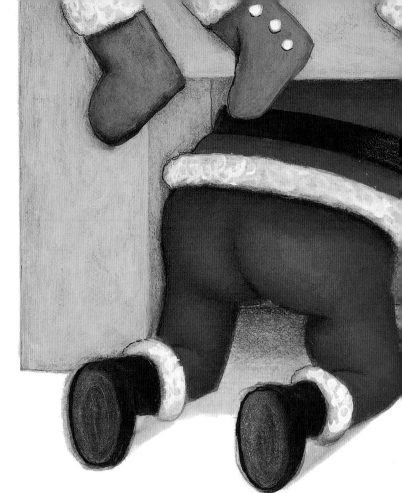

「我要更多禮物！」
豬豬失望得大吼。
可是聖誕老公公已經夾
著尾巴，快速逃走。

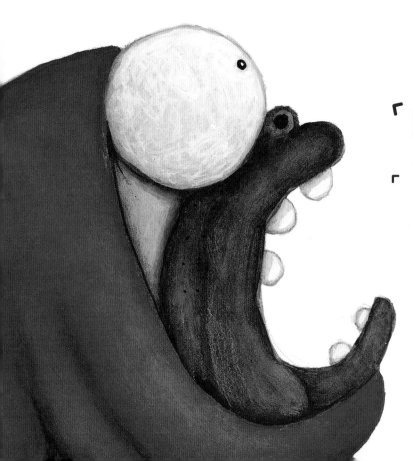

「歐咿！」豬豬大吼：
「朋友，我跟你還沒完！」

然後，他緊緊咬住可憐的聖誕老公公紅通通的大屁股！

他咬著爬上煙囪……

跟到外頭的雪橇上……

豬豬緊緊咬住不放。
「你不能逃走!
我要一座山那麼多的禮物!
其他的東西在哪裡?

你這個
聖誕
老呆瓜!」

可是雪橇很快就起飛了。

我的天，
那些馴鹿的速度可真快！

牠ㄊㄚ們ㄇㄣ的ㄉㄜ客ㄎㄜ人ㄖㄣ就ㄐㄧㄡ這ㄓㄜ樣ㄧㄤ往ㄨㄤ下ㄒㄧㄚ掉ㄉㄧㄠ ——

沒ㄟ錯ㄘㄨㄛˋ， 就ㄐㄧㄡ 是ㄕˋ 很ㄏㄣˇ 貪ㄊㄢ 心ㄒㄧㄣ 的ㄉㄜ 那ㄋㄚˋ 一ㄧ 位ㄨㄟˋ 。

當崔崔夢到這美好的節日時，
真正的聖誕奇蹟
就在這裡發生……

真的，一定是發生了奇蹟，
豬豬被一棵樹解救，
從高空墜落中活了下來……

……樹上還有一個天使。

我要：

摩托車
火箭
打鼓用具
小馬
滑板
棉花糖機
一隻訓練過
的鯊魚
一包奶油軟糖
另一塊滑板

披風
水上摩托車
充氣香蕉船
主題樂園之旅
其實我要
3塊滑板
假牙
一台雙輪馬車
一字輪溜冰鞋
一隻獨角獸
(真正的，不是假的)

半掛式
高蹺
一套護
潛水裝
大砲
羽絨
水底
還滑
電